AF246543

LETTRE

A MADEMOISELLE

CLERON,

SUR LA

TRAGEDIE

D'ARISTOMENE.

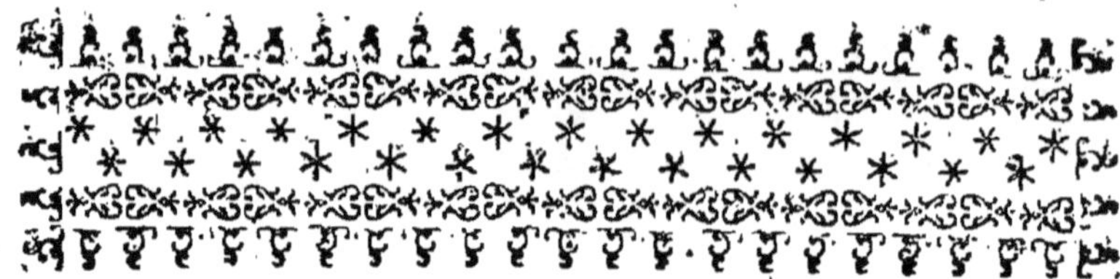

LETTRE

A MADEMOISELLE

CLERON,

SUR LA TRAGEDIE

D'ARISTOMENE.

JE ne suis ni un *Aristipe*, ni un *Diogene*; mais je suis quelquefois un *Aristarque*: tout ne me plaît point: la décision tumultueuse du Parterre ne fait pas pour moi une loi, à laquelle ma raison se soumette sans examen: je me laisse agréablement entraîner par le beau: j'écoute le médiocre, mais je déteste hautement le mauvais: aussi renonçant à mes droits, ai-je l'attention d'acheter celui de dire avec liberté mon sentiment sur les beautés, ou les défauts d'un ouvrage: j'ose me vanter de l'impartialité; elle fut toujours la baſe & l'objet de ma critique. Mon parallele des deux *Semiramis*, que le Public a reçu avec quelque bonté, en eſt une preuve inconteſtable ; auſſi publiai-je avec plaiſir, que les Critiques du ſiécle, vrais Martyrs de l'antiquité, puiſque malgré les impreſſions agréables que leur cœur pourroit recevoir, & auſquelles, s'ils veulent l'avoüer, ils ne peuvent quelquefois ſe refuſer, ont beau murmurer contre la dépravation du goût du ſiécle. La Tragédie d'*Ariſtomene* eſt frappée au coin d'une ſupériorité qui doit émouſſer, ou pour mieux dire, briſer les traits les plus aigus de la critique la plus déterminée : ils ont beau ſe plaindre de ce que *Cinna* conſpire ſeul, & de ce qu'au contraire *Denys-le-Tyran* a un nombre infini de témoins de ſa cruauté ; le triomphe d'*Ariſtomene* va faire frémir l'envie, & taire le dépit de quelques inſectes du Parnaſſe, qui, obſtinés à ne rendre jamais juſtice à la ſupériorité du talent, ne ſont occupés que du déteſtable ſoin de déchirer le mérite de ceux, qui piqués comme notre nouvel Auteur d'une noble émulation, conſacrent leurs veilles à l'amuſement du Public.

Je vous avoüe, Mademoiſelle, que j'ai été ſurpris de l'ordonnance réguliere de la

Tragédie, qui fait aujourd'hui l'admiration de tous les vrais connoisseurs: j'ai été aussi enchanté de l'aménité de la versification, de la sublimité des pensées, enrichies & parées d'expressions nobles & nerveuses.

Comme je n'ai encore été qu'une fois le témoin des applaudissemens & du suffrage que le Public ne pouvoit refuser à un Poëme si bien conçu, si judicieusement ordonné & si parfaitement executé, mes observations, que je vous prie de communiquer à l'Auteur, se réduiront à peu de chose, me réservant d'en faire une critique plus détaillée & plus circonstanciée, dont votre nom ornera le frontispice. Les progrès rapides, Mademoiselle, que vous avez faits sur la Scene, & l'estime particuliere dont vous payez le sincere attachement, que l'Auteur a pour vous, m'autorisent à prendre cette liberté.

Le premier acte de la Piéce n'est point aussi lent & aussi froid, qu'ont voulu l'insinuer quelques envieux de l'Auteur. J'ai crû, il est vrai, entrevoir quelque chose de louche dans l'exposition; & quoique l'histoire d'*Aristomene* ne soit pas absolument connue, je crois qu'on auroit pu se dispenser de faire un anacronisme. Le *Cléonis*, dont l'Auteur a pris le nom & le

A iij

caractere dans M. *Rollin*, étoit à la vérité, Rival d'*Aristomene I*, & l'*Aristomene* qui paroît aujourd'hui fur la Scene Françoife, eft *Aristomene II*, qui voyant fa Patrie dans les fers des Spartiates, entreprit de fecouer le joug, & de recouvrer la liberté de fes Concitoyens. Ainfi on pouvoit choifir un autre nom, en confervant toujours le caractere ; & ce déguifement auroit mafqué cette erreur chronologique.

J'ai auffi trouvé dans *Arcire*, confident & ami fincere d'Ariftomene, trop d'ingénuité vis-à-vis de *Cléonis* ; il falloit que fa confidence coutât plus de peine & de foin au dernier, dont le caractere eft parfaitement foutenu. J'ai vû avec déplaifir *Ariftomene*, lorfqu'apprenant par la lettre que *Cléonis* lui remet, que *Léonide*, fon époufe, & *Leuxis*, fon fils, font au pouvoir des Spartiates, & que leur falut dépend de fon obéiffance ; j'ai été mortifié, dis-je, que fourd à la voix de la nature, il fe détermine à voir couler ce fang précieux, plutôt que de renoncer à la délivrance de *Meffine* : j'aurois donc voulu, que balancé par l'horreur de la fervitude, par l'amour de la République, par la tendreffe de fon époufe & de fon fils, il nous eût plus vivement attaché à fa fituation.

Le fecond Acte ne me paroît pas affez intéreffant, on pourroit même dire qu'il eft inutile ; mais quoique peu adhérant au refte de l'ouvrage, l'efprit qui y domine, & plufieurs penfées de M. *la Rochefoucault*, que l'Auteur a fçu (pour ainfi dire) dénaturer, & embellir d'expreffions choifies, le rendent fupportable, & font attendre, quoiqu'avec un peu d'impatience, le troifiéme.

Celui-ci commence, & établit en quelque façon l'interèt de la Piéce : on y apprend le fort de *Léonide*, qui ayant trahi l'amour de la Patrie, eft criminelle envers elle, & va fubir fon jugement. Le Sénat qui en partie eft compofé de Sénateurs envieux de la gloire d'*Ariftomene*, faifit cette occafion de le frapper, quoiqu'indirectement d'un coup, auquel il ne pourroit réfifter, s'il étoit moins entoufiafmé de l'amour de la Patrie : ce Sénat qui s'affemble, fait venir *Leuxis*. Cet interrogatoire eft affez adroit, & répond parfaitement au caractere de *Cléonis*, fourbe, qui fçait mettre à profit les moindres circonftances. Cependant le jeune Prince lui répond avec beaucoup de fageffe & avec affez de vivacité, pour le faire rougir. Il eft renvoyé. *Léonide* eft appellée ; celle-ci moins allarmée, que fiere & haute, fait baiſſer les yeux à *Cléonis*, & à tous les aſſociés de ſes horribles deſſeins, & ferme cette Scene par les deux Vers que vous dites.

Je ſuis juſtifiée aux yeux d'Ariſtomene :
Il m'aime, il vous connoît : tremblez. Qu'on me
    ramene.

Juſques-là le Sénat occupe le ſpectateur ; mais les longues diſcuſſions qui naiſſent enſuite, reſſemblent plutôt à des theſes de droit, qu'à un Sénat qui doit décider promptement, de peur que le tems qu'il emploit en vaines diſputes, ne ſoit plus fructueuſement employé par *Léonide* & par *Ariſtomene*, qui, ſelon moi, vient fort mal-à propos y paroître, ainſi que l'Ambaſſadeur de Sparte, qui a ramené *Léonide*. Enfin, après des longs débats, *Léonide* & *Leuxis* ſon fils, ſont condamnés à mort ; & cet Acte qui devroit finir, eſt encore ſuſpendu par un Dialogue entre *Cléonis* & ſon confident. Il n'y a pas de doute, qu'au lieu de nous dépeindre le caractere du peuple, ils devroient l'un & l'autre vuider la Scene, parce qu'ils ne ſervent qu'à retarder le quatriéme, que j'ai en effet admiré comme un chef-d'œuvre de l'art.

Le Monologue d'Aristomene qui ouvre le quatriéme Acte, m'a paru un peu froid. Il vient d'apprendre la condamnation de sa famille, & la nature chez lui ne s'abandonne point assez aux transports des deux passions qui devroient l'agiter : il ne se conduit point en Héros jaloux des droits, que ses actions éclatantes lui ont acquis, mais en véritable Philosophe : l'Auteur, sans doute, n'a suspendu dans cette Scene tous les mouvemens de son cœur, que pour l'abandonner ensuite avec plus de vivacité, à l'alternative violente qu'on vient lui proposer de la part du Sénat. Il faut qu'il choisisse de la mort de *Léonide*, ou de *Leuxis*. Cette situation est belle & frappante, & auroit tout le mérite de l'originalité sur la Scene Françoise, si elle n'étoit connue dans *Metastasio*, qui l'a employée dans sa *Zénobie* avec beaucoup d'adresse, & dont le succès a été beaucoup plus éclatant, parce qu'elle étoit sans doute plus heureusement motivée. La dispute de générosité de *Léonide* & de *Leuxis* m'a paru un peu prolixe ; sa lóngueur accoutume le cœur à cette affligeante situation, & assoupit l'esprit sur la fin du Dialogue. Cependant il faut en convenir, la situation est unique, & c'est peut-être de toutes celles qu'on a vûes jusqu'ici , celle

qui eſt la plus propre à remuer le ſpectateur : mais Ariſtomene en diminue la vé-
hémence par ſes réfléxions glacées.

Ariſtomene s'étant enfin déterminé, &
cédant aux inſtances irréſiſtibles d'*Alcire*,
ſe préſente à l'armée, qui eſt ſous les mu-
railles de *Meſſene*. Sa préſence ranime le
Soldat : prêt à ſacrifier ſa vie aux intérêts
d'Ariſtomene, il n'attend que ſes ordres,
pour mettre tout à feu & à ſang ; mais
notre Héros ſaiſi d'un nouveau tranſport
de l'amour pour la patrie, prend ſon fils
en préſence de l'armée, leve le poignard
ſur lui ; & guidé par un zéle mal-entendu,
veut être le meurtrier de ſon fils ; mais
l'armée plus attentive que lui à la voix de
la nature, l'arrache à ſa fureur ; quelques-
uns ont voulu ſoutenir, que c'étoit-là le
trait le plus fort du génie : pour moi qui
avoue avec franchiſe que je ne ſens pas
tout, & que je ne connois pas toujours
toutes les beautés, je n'ai point été ſenſi-
ble à l'excellence de celle-ci : d'ailleurs,
je lui trouve un ſoupçon de reſſemblance
avec Mahomet ſecond, lorſque cédant à
l'amour de la gloire, il trempe ſes mains
dans le ſang de ſa chere *Iréne* à la tête de ſon
armée.

Il me ſemble avoir apperçu un défaut

d'ordonnance, ou pour parler avec moins d'aprêté, une espéce de négligence dans cette partie du Poëme. Les soldats arrachent *Leuxis* à la fureur de son pere ; & cependant il paroît dans les avis perfides que Cléonis vient donner à *Aristomene*, qu'il est dans les fers du Sénat. Peut-être quelque vers m'a-t-il échapé. Autrement, je ne sçaurois comprendre la possibilité de cet événement.

Le cinquiéme couronne l'ouvrage, en le finissant. *Arcire* qui voit qu'une amitié parlante, ne suffit pas pour délivrer le jeune Prince du danger pressant qui menace sa vie ; irrité de la cruelle irrésolution d'*Aristomene*, vuide la scéne, & revient ensuite nous annoncer les heureux effets d'une amitié, qui fait succéder l'action à la parole. Il a poignardé *Cléonis* & son Confident. Ce coup hardi dessille les yeux du Sénat, déja intimidé ; *Arcire* lui fait voir comment ébloui par la politique infâme du traître, qui venoit de recevoir le prix de sa duplicité, il alloit tremper ses mains, & se rendre responsable du sang le plus pur qui fût dans *Messene*. On convainct aisément des Sénateurs, lorsque les premiers traits d'éloquence sont aussi frapans, que les deux dont *Arcire* vient de se servir. Cet événe-

ment remet le calme , & porte la joye dans
Meſſene. Ariſtomene eſt enfin proclamé le
libérateur & le pere de la patrie ; un changement ſi inattendu le ſurprend ; mais
malgré ſon étonnement, ſon cœur formé à
la reconnoiſſance , a de la mémoire ; il ſe
rappelle que ce n'eſt qu'à l'amitié agiſſante
d'*Arcire*, qu'il eſt redevable du changement
de ſon ſort ; il lui propoſe de partager ſa
fortune avec lui , & la Piéce finit.

Ne ſçachant pourquoi je n'ai point été
intéreſſé à la généroſité d'*Arcire* , j'en de-
mandai la raiſon à un homme auſſi éclairé
qu'impartial ; il me répondit froidement ,
que ce n'étoit que parce que l'intérêt que l'on
prenoit à *Ariſtomene* n'étoit pas aſſez *bien*
fondé , que toutes les démarches de ce généreux
ami pour le ſalut de cette famille infortunée
devenoient indifférentes au Spectateur ; attendu
qu'il n'étoit malheureux que *parce qu'il vou-*
loit bien l'être , & que cette indifférence étoit
priſe dans la nature , qui ne nous fait point
une loi de nous attendrir ſur les malheurs de
ceux , qui ſont eux-mêmes avec connoiſſance de
cauſe , les Artiſans de leur infortune. Ariſtomene *n'eſt-il pas Maître*, continua-t-il , *de*
ſauver ſon épouſe & ſon fils ? Le Sénat ne ré-
met-il pas dans ſes mains la vie de ces deux
perſonnes , qu'il dit lui être ſi cheres ? Pourquoi

donc n'accepte-t-il point cette offre ? Quel peut-être le motif paſſablement raiſonnable d'un ſemblable refus ?

Vous devez encore moins vous être intéreſſé au ſort de Léonide ; ſa conduite eſt non-ſeulement indécente, mais hazardée : Quoi ! elle profite de l'abſence de ſon époux, afin, en ſe donnant pour ôtage, de le forcer à rentrer dans les fers ? Une démarche auſſi imprudente méritoit le courroux irrévocable d'Ariſtomene, & je ne doute point que ſi aujourd'hui, nos mœurs n'étant pas plus épurées que celles des Meſſeniens, une femme s'abandonnoit aux tranſports d'un zéle ſi indécent, elle ne fût juridiquement punie. D'ailleurs, continua-t'il, en vérité ne trouvez pas qu'Ariſtomene eſt trop chrétien.

Je vous avoue, qu'ayant été admirateur ſincere de ce Poëme, mon amour-propre fut vivement affligé de cette réponſe ; mais enfin revenu à moi - même, je me livrai tout entier aux réfléxions que je venois d'entendre, pour en démêler le faux ou le vrai ; mais je ne pus y parvenir. Je projettai donc de ſuivre aſſiduement les répréſentations, pour me mettre en état de détruire, ou d'établir ſolidement des remarques, qui me paroiſſoient un peu trop ſévéres.

J'ai remarqué dans le cours de la Piéce

quelques penſées, qui ont été applaudies ; & qui portées au tribunal d'un Jugement ſain, doivent être regardées comme fauſſes ; entr'autres ces deux qui ſont renfermées dans les deux Vers ſuivans, & qui ſont tellement en oppoſition, qu'elle s'entredétruiſent. *Arcire* dit à *Ariſtomene* :

La pitié pour le crime eſt un crime elle-même.

Si cette maxime eſt vraye, il faut néceſſairement que celle qui ſuit, ſoit fauſſe. *Léonide* dit à *Ariſtomene* :

Tu plains les Criminels, & ne hais que le crime.

L'Auteur que je prends pour Juge, aura la bonté de décider : cependant le Public a également applaudi l'un & l'autre, ce qui prouve que les applaudiſſemens ſont auſſi dangéreux pour un commençant, que les critiques ſont ſalutaires. La fumée de l'encens peut obſcurcir ſes lumieres, & l'aſſoupir ſur ſes négligences & ſur ſes défauts. Vous, *Mademoiſelle*, qui chériſſez ſa gloire autant qu'il admire votre talent, repréſentez-lui ſans ceſſe que le Public eſt un ennemi, qui à la vérité quelquefois par indulgence à la critique, ſans renoncer cependant

aux droits qui lui font acquis ; & qu'un Auteur doit, ainfi qu'un Général qui fe trouve
dans un Pays nouvellement conquis, fe
tenir fur fes gardes : quiconque s'endort
fur fa victoire, touche au moment de fa
défaite. J'ai l'honneur d'être avec les fenti-
mens les plus diftingués,

MADEMOISELLE,

Votre très-humble & très-
affectionné Serviteur ...

Lû & approuvé, ce 5 Mai 1749. *Crébillon.*

*Vû l'Approbation, permis d'imprimer, à la charge
d'enrégiftrement à la Chambre Syndicale, ce 6 Mai
1749.* Signé, *BERRYER.*

Regiftrée fur le Livre de la Communauté des Li-
braires & Imprimeurs de Paris, N°. 3316. con-
formément aux Réglemens, & notamment à
l'Arrêt du Confeil du 10 Juillet 1745. A Paris,
le 9 Mai 1749. *Signé*, G. CAVELIER, Syndic.

* 9 7 8 2 3 2 9 1 0 2 4 9 8 *